FRANCIS VIÉLÉ-GRIFFIN

DOMAINE ROYAL

DISCOURS LYRIQUES

PARIS

MERCVRE DE FRANCE

XXVI, RVE DE CONDÉ, XXVI

—

M CM XXIII

LE DOMAINE ROYAL

DISCOURS LYRIQUES

FRANCIS VIELÉ-GRIFFIN

LE DOMAINE ROYAL

DISCOURS LYRIQUES

PARIS

MERCVRE DE FRANCE

XXVI, RVE DE CONDÉ, XXVI

—

M CM XXIII

TIRAGE LIMITÉ A :

53 exemplaires sur vergé d'Arches
numérotés à la presse de 1 à 53 ;
1100 exemplaires sur pur fil Lafuma
numérotés de 54 à 1153.

JUSTIFICATION DE TIRAGE :

A ROBERT DE SOUZA

Mon cher Robert,

Tu me disais :

« *En tête de ces jeux lyriques où tu t'es plu aux « discours » écrits et mesurés que nos pères appelaient « poèmes », peut-être serait-il convenant d'expliquer cet élégant défi porté à ton art ?* »

Soit ! je résume :

Hôte respectueux du Domaine, où tant de

gloires sont passées, où survivent tant de beautés, j'en ai relevé telle pierre, renouvelé telle roseraie, guidé par la sûre joie de tant de merveilles.

Dans ces poèmes, moins immédiats que ceux d'autrefois et comme dédicatoires, je souhaite que l'aisance de la parole ailée anime le syllabisme vénérable, en domine, en l'entraînant, l'allure un peu rigide.

Ici, en hommage à la Muse de Ronsard, je me serai plu à associer les dieux familiers de la Renaissance au beau cortège du Dieu fastueux de Léon X.

J'aurai, dans le décor de Touraine où les Florentins de Léonard retrouvaient l'ambiance natale, mêlé, aux brumes dorées de la Loire, la lumière de Grèce.

Ainsi, puissé-je avoir résolu, dans une triple intégration de la forme, du décor et de l'idée, l'eurythmie, le polythéisme et la spiritualité chrétienne que, jusque dans la Touraine d'aujourd'hui, peut inspirer le souvenir de notre Renaissance et de l'Hellade.

C'est dans cette pensée, pleine encore des échos de notre intimité intellectuelle, que j'inscris, en tête de ces poèmes, la dédicace qui témoigne d'une vieille amitié.

F. V.-G.

Paris, ce vendredi 13 octobre 1922.

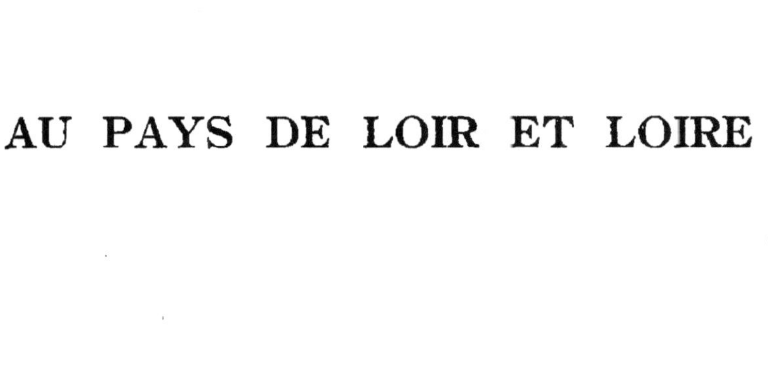

AU PAYS DE LOIR ET LOIRE

RONSARD, A LA POSSONIÈRE

Ronsard, la treille est d'or ; le beau rosier s'effeuille ;
Le prodigue espalier se penche vers la cueille ;
La poutre du grenier gémit au poids du blé ;
Le fenil éventé, bien que vaste, est comblé ;
Le vendangeur, portant sa hotte débordante,
Déjà, verse à la cuve une vendange ardente ;
Et l'on entend, là-bas, comme brise en la branche,
Le chant des égrappeurs qui cesse et recommence ;
Tout est largesse et joie, et la calme contrée
Où Pomone sourit à qui l'a rencontrée,
Vallée, et, par delà ton Loir et ses prairies,

Les collines groupant tes quinze métairies
Dont le cheptel épars paît un dernier regain,
Au cadre du meneau semble, dans son écrin,
Quelque dessin menu rapporté d'Apulie.
Tu sais de quel amour la campagne nous lie,
Impérieusement, à la plus humble chose,
Toi, qui dis que la joue est pareille à la rose,
Ne sens-tu pas que vient, pour l'homme, la saison
D'apparier, enfin, son rêve à sa raison ?
Toi, qu'émut le duvet fragile d'une rose,
Ne songeras-tu pas à la métamorphose
Qui fait de l'homme une âme et de l'aube d'été,
S'il le veut, le parvis de son éternité ?

LA MAISON

Cortège blanc et rose où l'on va, deux à deux,
Au rythme du printemps, sous un ciel radieux,
Les gais pommiers s'en vont vers la blanche Maison.
Elle offre une façade autre à chaque horizon :
Au midi, d'où lui rit un vignoble qu'étage
La colline appuyée au pré du pâturage,
Elle ouvre ses deux bras au soleil qui l'étreint ;
Et, penché sur la douve où s'endort un cyprin,
Le beau couple, immobile au gré de l'heure ardente,
S'unit dans le reflet des siècles sans attente,
Identiques, et noués en guirlande, toujours

Reprise et prolongée aux doigts des mêmes jours,
Dont la ronde liée enveloppe le monde ;
Et leur lèvre se mire en pétale sur l'onde,
Et le parfum, encor, des baisers échangés
Flotte, amoureusement, parmi les orangers.
Vers la forêt, à l'est, qui, là-bas, lui fait signe,
Elle dresse un pignon fleuronné d'où la vigne,
Aux mille pas des ceps, court et rejoint l'orée ;
Au nord, vêtant ses toits d'une mousse dorée,
Allongée, elle semble étaler une traîne
Et sourire au blé clair la grâce un peu hautaine
De cette Fronde où sa jeunesse fut mêlée ;
Vers le couchant, où plane une musique ailée,
Le berceau de la roseraie, au soir plus rose,
Unit, sous la charmille antique où toujours cause
Une fontaine avec la brise, seuls témoins,
Son lourd parfum charnel à l'effluve des foins
Ou, selon la saison, aux mille fleurs du pré ;
Et le plateau s'étend, plantureux, diapré,
Jusqu'aux quatre horizons comme une mer étale,
Portant, à l'infini, l'hémisphère totale
Où le soleil est roi de l'aurore au couchant :

Flot verdoyant où flotterait, blanche et chantant,
Et de tous ses agrès et de tous ses branchages,
La nef, la Maison claire, au loin des voisinages,
Si ce n'est, tout là-bas, au creux de la vallée,
Le bourg, d'où les pommiers s'en viennent par l'allée.

L'ANGÉLUS DE MIDI

Par la porte d'été, grande ouverte, éployant
D'un geste d'or ailé son manteau flamboyant,
Il est entré, le dieu d'éternelle jeunesse,
Accueilli sur le seuil, ô sa sœur chasseresse,
Par ton sourire clair et chaste, réservé,
Hors lui, aux seuls élus des dieux qui l'ont rêvé
Luire, flèche d'argent, sous la forêt nocturne ;
Or moi, je restais là, fervent et taciturne.
« Pensiez-vous, m'a-t-il dit, ô notre hôte, de voir,
Quand l'été brûle au cœur des roses feu, s'asseoir
A la table ployant aux dons rieurs des dieux,

Près de la pâle sœur, le frère radieux ?
Me croyiez-vous ingrat, sourd ni, du tout, sensible,
Moi de qui l'arc vibra quand retentit la cible
En un cri d'épouvante acclamé de l'abîme
Où roula l'hydre noire éclaboussant les cimes,
Que s'y joignît, monté du déduit des charmilles,
L'hymne qu'un rossignol dédie à ce qui brille,
— Croissant diamanté, feu chaste, floraison —
Au front de celle-là qui vit dans la maison ? »
L'Angélus de midi, sur le val déroulé,
Monte et s'étale, tel, au branchage emmêlé,
Le filet net et bleu de la fumée aux chaumes ;
Tous trois, nous unissions notre prière aux psaumes
Des anges saluant l'Annonciation ;
Un long fil de la Vierge embrassait la Maison ;
Et les dieux, en priant, souriaient au blé clair
Dont s'inclinaient, aussi, le millier d'épis verts
Au signe de la brise où l'Angélus emmêle,
Espoir du bel été, ta chanson éternelle.

CHASSE D'AUBE

Je l'attendais, le cœur palpitant ou tranquille
Du rythme de ce tremble, au feuillage mobile,
Tantôt, selon la brise, et, tantôt, sans alarmes ;
Elle vint et, soudain, tant que l'ombre des charmes
Ne l'eût enveloppée au mystère où je guette,
Elle apparut si blanche, ô, que l'œil du poète
La saisit pour toujours sous sa paupière close
Et la mêle, à jamais, à l'haleine des roses
Dont la cascade énorme à ses pieds épandue
Verse tout l'orient d'une écume éperdue !
Diane, à mon côté, assise, s'est levée ;
Je n'osais regarder cette Beauté bravée
Ni détourner les yeux du spectacle où s'enivre

L'Olympe, et je sentis l'amertume de vivre
Brûler ma lèvre d'une larme évaporée.
Maintenant, tout est calme ; à peine, vers l'orée,
L'herbe froissée avoue un passage de lièvre.
« Sur ta main j'ai posé, ô Diane, ma lèvre
Et tu n'as pas frémi, pitoyable et farouche,
De la brûlure impénitente de ma bouche ;
La fraîcheur de ton souffle égal contre ma tempe,
Bienfaisante, est pareille à cette eau vive où trempe
Ma main plongée au creux de la vasque apaisée ;
Que l'amour, près de toi, et que la vie aisée,
Où je règle à ton pas trop vif la course ailée
Qui nous mène, en chantant, de vallon en vallée,
Illuminent le vaste horizon des pensées,
Mieux que la fièvre des paroles embrasées
Au feu, là-bas, des herbes sèches de la route ;
Et que l'étreinte de ta main te donne, toute,
Virile ! et sœur du dieu que j'honore en chantant... »
Le bras sur mon épaule et la tête penchée,
Elle écoutait, rieuse, en ses boucles cachée ;
L'aube, émouvant la nuit plus pâle, s'en venait :
« En chasse ! cria-t-elle. Alerte ! le jour naît ! »

AURORE SUR LES CIMES

Nous montions vers le jour ; ses levriers couplés,
L'œil vif, bandaient la laisse, et, par-dessus les blés,
Pâles et lourds du poids de la moisson tardive,
Un souffle forestier que la fraîcheur avive
Nous enivra, soudain, des espoirs hasardeux
De l'aube, qu'accueillait cette ardeur d'être deux
A deviner le sort, l'haleine suspendue ;
Un dernier cri d'orfraie angoissa l'étendue ;
Pas glissés, bruissements d'ailes qu'étire un nid,
La rumeur du réveil sourdait à l'infini ;
Et Septembre, là-bas, effilochant sa brume

Entre les troncs liés, — ainsi juillet allume
Ses feux d'herbes, — traînait jusqu'au versant du val
Son écharpe de gaze au regain automnal.
Un grand vol de corbeaux tournoyait et, railleur,
Comme un faucon se pose au poing de l'oiseleur,
S'abat, en croassant, au bras levé d'un chêne :
Tout annonce, à son gré, que ton heure est prochaine,
Astre ! et ta sœur, debout dans la clairière, vit
De l'attente exaltante où son cœur est ravi.
Le croissant à son front pâlit et va s'éteindre ;
Ma main sentait sa main fiévreusement l'étreindre ;
Tout l'orient s'émeut, palpite, incendié ;
Le grand vent, dénouant son geste au mien lié,
Est si vif que sa chevelure s'éparpille ;
Elle rougit, aurore, à ta roseur de fille,
A son cou, lie en hâte un écheveau doré...
Voici le dieu ! Voici ton symbole adoré,
Beau Christ ressuscité foulant du pied nos crimes ;
Une première flèche ensanglante les cimes !
Et, jaillis du moyeu resplendissant, épars,
Les rayons de la roue immense du grand char
Tournent, évertués, vers le zénith de gloire !

Seigneur, nous saluons d'une hymne Ta victoire
Et la voix d'Apollon qui monte rayonnant,
Selon Ta loi qui joint l'orient au ponant,
Annonçant toute joie à l'âme qui la souhaite,
S'accorde au chœur ailé des saintes alouettes.

LA SOURCE

Franche, et docile, encore, à quelque loi romaine,
La source, de bon gré captive, sourd et mène
Sa chanson jaillissante au rythme qu'un battoir
Impose au caquetis, sans terme, du lavoir
Dont l'auvent fait mystérieuse, comme un antre,
L'ombre tumultueuse ; et, soudain, le jour entre,
Se mire, éblouissant des visages surpris :
D'un bras de marbre, dont Myron se fût épris,
L'une protège ses yeux, l'autre, beauté claire,
Les ferme et l'on dirait la calme Déméter,
N'étaient tes trois colliers, Vénus, à son cou pâle

Où les reflets mouvants font un lacis d'opale ;
Et moi, qui contemplais cela, témoin joyeux
De la survie impérissable de tes dieux,
Hellade, et de la grâce vive des déesses,
J'ai lu l'Ordre promis et béni les promesses
Encloses dans le flanc du marbre et de la chair
Et la Beauté, Seigneur, dont palpitait tout l'air,
Vers mes yeux envahis, par elle, de Ta grâce,
Sourdait du clair sourire éternel de Ta Face.

LA FÊTE

Seigneur, notre bonheur est calme et rassuré ;
Ainsi, qu'au bois joli, court et court le furet,
Le Rire va, de lèvre en lèvre, et s'en envole,
Beau papillon, avec son double, la Parole ;
Tout est gaîté ; la vie a masqué son intrigue ;
L'heure allentit le rythme, épargne la fatigue
Aux danseurs qu'elle guette, et l'indolent archet
Allonge un geste las, et le soleil, penché,
Rosant au ras du pré l'or vert des renoncules,
D'un sourire indulgent promet un crépuscule
Lumineux, prolongeant, jusqu'en ta clarté vive,
Diane, cette journée amoureuse et pensive.

Seigneur, n'est-il permis de sourire à la vie ?
A ce festin fatal où Ta voix nous convie
Prenant place, aurons-nous méconnu Ta loi sainte ?
L'amour, qui transparaît au masque de Ta crainte,
Ne saurait-il sourire ? Et faut-il détourner,
Des fruits de Tes vergers, un regard étonné ?
Est-ce l'épreuve, encor, de l'Éden et de l'Arbre ?
Accoudé au balustre où s'appuie un beau marbre
Que le sculpteur orna de Ta divine grâce,
Regarderai-je, au long des fleurs de la terrasse,
Errer, selon Ta loi, les couples attardés !
Surprendrai-je un sourire, une taille encerclée,
Sans rire aux passions dont toute âme est peuplée ?
Cette nuit est à Toi, Créateur, et l'hommage
D'un baiser entendu derrière le feuillage
Chantant à l'unisson des vieilles Destinées,
Selon Ta loi par qui les nations sont nées,
Montera, confondu dans la rumeur immense
De Ton Éternité qui, chaque heure, commence.

LA ROSE ET LE CYPRÈS

Le temps rompra, pareil à la racine lente,
La dalle noire à l'entour de laquelle on plante,
Selon le rite élu par ceux qui ont été,
Le rosier, larme d'or qui tombe avant l'été ;
Bouton trop vite éclos, corolle tôt fanée,
Qui fleurit, refleurit, mais, d'année en année,
Languit et cède, enfin, au sauvage églantier,
Ayant, comme rétif à mourir tout entier,
Stylisé son pétale où survit, anonyme,
Un vain deuil oublié ;

                 Cependant que la cime

Du cyprès qu'on planta, le même jour, redit :
« Souviens-toi » ! même à ceux dont le deuil a grandi,
De nuit en nuit, du soir à l'aube, vingt années,
De qui l'avril surprend les âmes, étonnées
Que l'automne et l'hiver aient passé, qu'il bruisse
Des feuilles, que la terre, oublieuse et complice,
Chante, en la voix des nids, parmi les carillons,
Elle, qui porte en soi les morts par millions !
« Souviens-toi ! », redit-il, à ceux qui se souviennent
Et dont les pleurs taris rident la joue ancienne
D'un sillon comparable au torrent desséché ;

Le doux soleil de juin, vers l'occident penché,
Dore l'arbre, agrandi des heures d'un vain jour :
« Souviens-toi ! »... et, soudain, les furtives amours,
Qu'abrite l'ombre longue au-dessus de la haie
Et qui s'enivraient d'elle et de la roseraie,
Sont plus graves ; la main s'attarde dans la main :
Un mot qu'ils oubliaient, semble proche : demain ?
Étonnés de vieillir, eux nés avec l'aurore,
Et de se rappeler ce qui n'est pas encore.

SAINT-MARTIN LE BEAU

O douceur ! tendre émoi de la vallée heureuse !
Collines, confondant, en geste de dormeuses
De la beauté de vivre, un instant, étourdies,
Vos corps souples vêtus de quelque soie, ourdie
D'ors striés, modelant une hanche, une épaule !

Vignoble dont l'ivresse est comme une parole
Plus vive en la rumeur apaisée au refrain !
Il semble que, déjà, bouillonne en vous le vin
Et qu'on respire la traîtresse griserie
Des cuves ; qu'étirés en brumes d'or, vos pampres

Agrippent, dans leur songe, un horizon trop ample,
Presque, pour se pencher vers ce baiser de rêve...

N'est-ce moi, le rêveur ? Car voici que se lève,
Entre l'ombre du chêne et son feuillage noir,
Encontre le ciel d'or où s'inscrit sur le soir
Sa stature de fer anguleuse et rouillée,
Saint Martin, dont l'épaule droite est dépouillée
Du manteau, l'autre lé couvrant l'épaule gauche.
Il fait un pas, lui qui, de jour de nuit, chevauche,
Projetant sur sa route embrasée ou lunaire,
Carrure équestre, émoi de cent légionnaires,
En ombre d'épouvante et d'espoir et de haine
Et d'allégresse et de terreur, la Paix Romaine.

Et je lui dis — ma voix en parlant se rassure
A contempler sa mâle et si triste figure
Dont la bonté s'aggrave et, soucieuse, pense
Au devoir, oublieux de Votre récompense,
Seigneur, qui brille au loin sur la campagne claire —:
« Chevalier, qu'il fait doux en ce jour millénaire,

Et combien il m'agrée, à voir ce vieux hameau,
Qu'il se pare du nom de Saint-Martin le Beau. »

Il rougit, et sa main caressait la poignée
Du court glaive romain pareil à la cognée
D'un bûcheron antique évoqué sous mes yeux :
« Cette forêt, jadis, aux chênes spacieux,
S'en venait rafraîchir, jusqu'au Cher, ses racines
Et tout ce vert pays que le regard domine
Fut de conquête lente et longtemps, sous ces bois,
Les meutes de Bellone ont mêlé leurs abois. »

Il songeait, évoquant les antiques victoires,
Haussant sa haute taille au niveau de sa gloire ;
Puis, grave, et souriant de loin vers la vendange :
« Quelle joie ! et pourtant, Poète, comme change
Un paysage ! et toi, qui conçois que le geste
Terrible de l'épée — en notre main modeste,
Mais, si Dieu la conduit, soudain irrésistible —
Ait pu réaliser cette beauté paisible ;
Sache aussi, puisque l'Ordre altier suscite et mène,
Au-dessus des destins de la famille humaine,

Tantôt l'éclat d'un glaive et, tantôt, le chant frêle
D'une lyre où la vie à son rêve s'emmêle
— Comme un écheveau d'or en histoire noué —
Qu'il m'est doux que, par toi, mon geste soit loué,
Et que l'ardent pays, dont chaque cep aspire
Le jeune sang goutté des veines d'un martyre
Guerrier, confonde, ainsi, au vieux mot redouté :
Bellum ! l'ivresse enclose en sa propre beauté. »

LA BATTERIE

Les huit chevaux, leurs yeux bandés, tendent les **traits** ;
Groupant, pour le travail, leurs efforts concentrés,
Les vingt jeux concertants de la machine chantent;
En tourbillons dorés que tes souffles éventent,
Vent tiède, la poussière à la balle mêlée
S'envole, plane et choit sous la grande ombre ailée
Des ormes, suspendue au-dessus de la grange ;
L'horizon, qu'une haie opaque borne et frange
D'églantiers mûrissant leur fruit rouge au soleil,
Est si pur, que l'azur en est presque vermeil.
Entre les sacs portés au dos des métayers,

Emplis, pesés, rangés au pied des espaliers,
Et qu'attendra, là-bas, la charrette outre-mer,
Mercure va, comptant les quintaux, avec l'air
Qui sied à qui suppute un marché qu'il veut sage ;
Près de lui, le meunier, ami du marchandage,
Soupèse, et fait la moue, un grain qu'il puise et jett
Respectueusement pourtant ; et le poète,
Accoudé sous le porche où Minerve est assise,
Calcule sa récolte et l'aisance promise.

Il revoit les labours, les propices semailles,
Le printemps soucieux, la moisson ; et la paille,
Que le soleil de Dieu dora, n'a pas mouillé,
S'entasse, bottelée en la grange ; et le blé
Coule toujours, du flanc de la batteuse avide ;
Mais voici que s'éteint le chant : l'air semble vide.
Mercure, aux talons blancs dont les ailes soulèvent
La balle, acquiesce, et vient en courant — c'est la trè
Où, s'épongeant le front, les batteurs, graves, boivent
Heurter le verre, au gré des égards que se doivent
Les partis d'un échange ; et Minerve sourit
Au meunier que le dieu malin n'a pas surpris

Et qui rit de bon cœur des feintes de Mercure :
« La moisson qu'on engrange est en profits moins sûre
Que celle que l'on vend au soir des batteries »,
Dit-il ; et nous rentrons au long des métairies.

Quelque chose de sain, fumée aromatique
D'un chaume, quelque chose et de grave et d'antique
Planait sur le paisible et pâle crépuscule ;
Il semblait que la Vie, où tout rêve recule
Et cherche son appui parmi les certitudes,
Eût senti sous ses pas, propice aux attitudes
Des hauts-reliefs brisés dont le fragment étonne,
Le sol ferme et joyeux du plus ancien automne ;
Quand, cueillis dans le geste enrythmé des faucilles,
Les blés prédestinés dont l'épi lourd oscille
Pour adorer le Christ qui passait auprès d'eux,
S'engrangeaient, sans remords, sous le regard des dieux.

AVEC VILLON, A FOUGÈRES-SUR-BIÈVRE

Laisse à d'autres de dire, encore, la ballade...

Ce balcon, qu'un rosier a pris à l'escalade
Et dont s'enfle en carène d'or le fer forgé,
Soit la barque où tout rêve a, longtemps, voyagé
Par delà le couchant et suivant le sillage
Que le navire en feu, de nuage en nuage,
Soulève, et dont s'éteint l'un, puis l'autre tison.

La nuit est pure et, d'horizon en horizon,
Sa lumière, qu'agrée entière la raison,

La prépare à l'éclat pensif et concentré
Dont Diane ornera, tantôt, son front cendré.

Laisse ; la rime alterne avec soi-même ; écoute
Le chant dont chaque note a l'éclat de la goutte
Enflammée et qui choit de quelque étoile en pleurs;
N'est-ce pas qu'on perçoit, entre mille rumeurs,
Maintenant, le discours que se tient à soi-même
Le sang vertigineux qui nourrit le poème,
Montant et descendant, du cœur vers le cerveau,
Embrasant la Pensée à quelque amour nouveau,
Cependant que l'Amour, aux choses enlisé,
S'en dégage, et fleurit, spiritualisé ?

Ainsi coule pour toi, sous un nom identique,
Le ruisseau dont s'entend, d'ici, la voix gothique
Et qui luit, là-bas, en les saules, et rit
De s'appeler la Bièvre et de t'en voir surpris !
Or tout est tel : quelque réplique correspond,
De même que la rime à la rime répond,
A toute forme et, même, à la hideuse goule
Des charniers où ton crâne épouvantable roule,

Au gré du cauchemar qui fit ton heure sombre,
Et rejoint, d'un bond sec, l'ossuaire qu'encombre
Le monceau qui survit aux générations.

Ne sauras-tu sourire, et sans compassion,
A ton rêve où l'amour s'accouple à son squelette,
O deux fois affamé, corps et âme, ô Poète,
Et voir, avec des yeux que cette nuit dessille,
Sous cette immensité qui frémit et scintille,
Par delà la terreur où ton âme s'attarde,
Surgir au seuil, en lieu de la face hagarde,
Le visage vêtu d'éternelle beauté
Que masquait cette *Mort* : ton Immortalité ?

L'ARBRE

Sa cime surpassait toute autre ; la forêt,
D'un taillis frémissant aux vents qui l'ont doré,
Défend le labyrinthe ombreux qu'elle domine ;
Sanglotant le secret des profondes racines,
Une plainte perpétuelle sourd et porte,
Parfois, le cri brisé de quelque branche morte,
Comme la lyre émue, un grand cri de détresse.

Retrouverai-je hélas, la blonde chasseresse ?

Cette sente tournante hésite, et, si je plonge
Au bruissant mystère où Pan prélude — songe,
Musique surhumaine et de terreur mêlée —
Qui sait si, haletante et vainement raillée,

Quelque angoisse, soudain, qui m'étreigne et me force
Vers cette fuite que lacère toute écorce
Et qui va se butant aux troncs enchevêtrés
De lianes et de lierre au hasard rencontrés,
Ne me révélera moins courageux que celle
Que la peur du vieux Pan fait rieuse et si belle,
Que tout le crépuscule en est illuminé ?

Qu'aurais-je à redouter, Seigneur, sous la forêt :
N'est-ce ici que, promis à Ton geste adoré
Qui domine la terre et marque l'horizon
D'un équilibre qui fait stable la raison,
Surgi, d'un gland semé dès le Commencement,
A grandi, siècle à siècle, et, qui sait ? conscient,
L'Arbre démesuré qui portera son Dieu ?
Igdrasil, qu'ébrancha d'un gouet soucieux,
Abrahm, et qu'abattit, sans doute, la tempête ?
Or voici que, striant le sous-bois où je guette,
Un rayon pâle et doux tombe sur ma prière ;
Je songe aux pieds blancs de la Vierge au baptistère,
Foulant le croissant que tu portes en couronne,
Diane, et ton cor m'appelle au fond du bel automne

NOEL

I

LA NOEL DES ENFANTS

Je suis seul, et, tantôt, autour de l'Arbre en feu,
Tous les petits enfants pour qui mourut un Dieu,
Auprès de son berceau courtiné d'ailes d'anges,
Radieux de paillons, de papiers peints, d'oranges,
Vont prendre de ses mains, dans un sourire arqué,
Ses mains où nul stigmate, encore, n'a marqué,
Tous les petits enfants vont prendre de sa main
D'un geste gauche de fillette ou de gamin,

Les jouets qu'inventa Saint Nicolas de Trêves,
Et vivre, enfin, le plus beau d'entre les beaux rêves,
A voir flamber, d'un coup ! tout l'Arbre de la Vie
De mille étoiles d'or au firmament ravies.

Qu'attendiez-vous, mon cœur, de ce jour le plus court ?
Voici l'éclosion des vergers de l'amour ;
Voici l'aube nouvelle en tout pareille à celle
Qui fit ma fierté d'homme égale à l'immortelle
Allégresse de vivre éparse aux horizons :
En chantant, j'ai bâti, dès l'aube, ma maison
Et le foyer vivait d'une flamme empruntée
A l'Amour, et la table en la salle voûtée,
Bourdonnante de voix et d'abeilles, s'offrait,
Dès le seuil, au rayon, quand la porte s'ouvrait,
Rieur et bienvenu des amitiés... Depuis...

Seigneur, je suis au seuil de Ta plus belle nuit
Et notre amour d'aurore, au soir multiplié,
S'étonne que l'on soit de tels liens lié
Aux heures dont l'éveil sonne encor Ta venue ;
Je tends vers Ton berceau rayonnant ma main nue...

O honte ! ai-je douté du soleil attardé ?
Du rire d'Apollon à l'orient dardé ?
Du rayon rose et d'or qui simule sa flèche ?
Sertissant au croissant l'Étoile de la Crèche,
Diane n'a-t-elle dit la Nouvelle aux bergers ?
Et les anges neigeux, là-bas, dans le verger
Si pâle, dans le vent de leur aile, soulèvent
En poussière d'argent qui se mêle à mon rêve,
Écho récupéré des carillons du ciel,
Le refrain souvenu de quelque ancien Noël ?

II

MARS ÉCARTÉ DE LA CRÈCHE

La lumière de l'astre au zénith faisait noires
Nos ombres ; le beau bras, aux gestes de victoires,
Étendit sa blancheur comme un marbre musclé,
Barrant le seuil joyeux à ce fouleur de blé
Dont le pas, au perron, sonnait comme l'armure ;
Mais le dieu sans remords, étonné, se rassure
Et, saluant sa sœur de père, s'esclaffa :

« Ami ! » et, tout soudain, un blanc rayon coiffa
La tête mâle et nue, aux limites de l'ombre,
D'un halo dérisoire et, contre le fond sombre
Des ifs enténébrés, il apparut si beau
Qu'on oubliait le deuil des mères, le tombeau
De hasard et l'écho sans voix des villes mortes.

« Passe, Mars ! » a-t-elle dit, « on entend tes cohort
Au battement des cœurs, marcher dans le lointain ;
N'espère pas faire largesse de butin ;
Dieu de la gloire et des lauriers, qu'apportes-tu
Vers la crèche où vagit l'Enfant-Dieu, dévêtu
De cette autorité dont un geste t'impose
Le devoir et l'orgueil impitoyable ? On n'ose
T'interdire le seuil de la maison, de crainte
Qu'en t'en allant, tu n'y marques l'horrible emprein
De ton talon sanglant dans sa cendre ; va, porte
Tes brutales gaîtés au seuil d'une autre porte.

Passe ton dur chemin ; c'est assez des trois cents,
— Par ordre ! — du massacre des Saints Innocents,
Coupables d'être nés et qu'Hérode eût pris peur ;

Cours au devoir ; le jour est loin où ta fureur,

Sacrilège et pareille à la fureur des bêtes,

Brandira le faisceau des verges sur ta tête

Pour en frapper au sang, horreur ! la Chair Divine !

Avant que d'une lance on perce Sa poitrine,

Tu sauras, pauvre cœur, déchirer de trois clous

Les paumes et les pieds dont les saints sont jaloux

De baiser le vestige aux bords de Galilée ;

Mais que t'importera, dans la foudre roulée

De rochers en vallons, la Plainte surhumaine,

Si le dé hasardeux que ton cornet amène

T'accorde le manteau, qu'enfin on se partage ?

Passe vers ton destin, sans remords ; un autre âge

Vient, dans le millénaire obscur des avenirs ;

La fête effacera tes plus beaux souvenirs ;

Pharsale, Mantinée, Arbelles, Pourrières,

Tous les fastes inscrits aux tablettes guerrières :

L'Humanité totale, à ta suite ruée,

Élèvera son chant par-dessus la nuée ;

Puis, labourant de l'aile une boue étanchée

De sang, quelque Gloire ivre, au-dessus des tranchées,

Criera ! mais nul écho ne redira son cri.

Tu crois crucifier, encore, Jésus-Christ,
Dans cette chair au Golgotha purifiée ;
Mais c'est l'homme par l'homme, hélas ! crucifié
Dont la voix, qui chantait ton hymne, s'est éteinte
Dieu Mars, et, à ton tour, tu connaîtras la crainte. »

Au loin, mêlant son cuivre aux bronzes de minuit,
Le clairon homicide éclata son grand cri,
Et le dieu sans remords, sans honte et sans mémoire
S'en fut, avec un rire, au devant de la gloire.

LA RIVIÈRE DE LOIRE

LA DÉBACLE

I

Les glaçons, arrondis à se heurter l'un l'autre,
Boucliers peints d'azur, cerclés d'hermine, où votre
Impérieux blason manque, blonds chevaliers,
Au galop, vers le cor, dont l'or vous veut rallier,
Jet de feu, vu d'ici, dans la clairière blanche,
Autant que son beau cri qui court de branche en branche.

Les glaçons s'entrechoquent, tournoient, virent et plongent,
Jaillissent du courant, s'entremordent, se rongent,
S'égaillent au flot noir du fleuve, à la dérive,

Affrontent, tour à tour, la glace de la rive
Qui les saisit, parfois, et les soude en banquise ;

Et votre course, inverse à la leur, mobilise,
Le temps qu'elle a passé, le paysage inerte
Qui sommeille au manteau dont la plaine est couve
Nul geste, désormais, sous l'horizon sans vie,
Que le fleuve puissant qui vers le soir dévie
En la rumeur éparse où son cours s'est rythmé.

Sous sa cotte imbriquée, il apparaît armé
Et marque, fluctueux, son élan vers la mer
Du seul heurt des glaçons sans nombre emplissant l'
En chocs de sistres lourds brandis à contre-temps,
De cymbales que fèle un glaive, en s'y heurtant,
Sursaut d'éveil ouvrant les bouches toutes grandes:
Le piétinement d'un peuple, que débande
La Victoire, épaulée au défaillant obstacle,
Dont l'effort détendu se disperse en débâcle !
Nous regardions, d'en haut, le merveilleux specta
Et l'occident, soudain, écartant ses nuées,
Teignit du sang des dieux ces légions ruées ;

La vision grandit de l'instant solennel
Où le soleil, aussi, s'effondre dans le ciel,
Et nous voyions passer la prophétique image,
Irrépressiblement, plus claire qu'un langage
Que sept ans de mensonge et de honte émasculent :
Le genre humain rué vers le grand crépuscule...

II

La nuit venait : le vent, en soudaine bouffée,
Hurla dans les sapins groupés, comme un trophée,
Sur la falaise nue écroulée en décombre ;
Les nuages, panique ! amoncelés vers l'ombre,
Fuyaient ; dans l'intervalle espaçant leurs cohortes,
On voyait, au-dessus des perspectives mortes,
Luire, comme l'espoir, à peine, un croissant d'or
Dont la courbe est si fine et si légère encore,
Qu'un autre douterait, peut-être, que ton astre,
En bouclier mué, pût parer au désastre,
De l'arc frêle qu'il est en ton poing, à présent,
Et que la pleine lune éclose du croissant ;
Mais moi, qui sais ta force, ô ! la chaste déesse,

Je regardais plus loin, encor, que ta promesse,
Veilleuse d'une nuit d'heures bouleversées :
Voici, les flèches d'or en ses mains courroucées,
Ton frère, surgissant au niveau de la plaine ;
Une brise d'aurore enflera son haleine,
De l'hymne ailé captif aux rayons éblouis
De sa lyre, envolé, soudain, en mots ouïs
Que rythment, selon Dieu, les sphères qu'il entraîne :

« Cabrez-vous, beaux coursiers, que d'un geste je mène,
« Libres du mors, à l'escalade des nuées
« Sanglantes, à jamais ! sous vos sabots ruées !
« Qu'ils les foulent, poussière d'or, et les dissipent
« En rosée où ma flamme éternelle s'abreuve ;
« De par l'Ordre premier, je fus dès le Principe :
« Je suis l'éclat de Dieu, sa victoire et sa preuve ;
« La nuit, que j'épouvante et que je traque, est faite
« Du morne désespoir que tu hais, ô poète ;
« Sur l'horizon, si noir que le veuille leur honte,
« J'inscris, au bruit du char harmonieux qui monte,
« Une image, effaçant ton rêve le plus beau :
« La Résurrection éclatant le Tombeau ! »

LA PÊCHE DU PRINTEMPS

Le long filet que porte un rang de hautes gaules
Barre, par sa moitié, le fleuve : entre les saules,
Le fin réseau figure un pont inachevé ;
Le huttin du pêcheur, par le flot soulevé,
Veille, silencieux, sous le grand ciel léger,
Comme, auprès du bercail, la maison du berger.

Car la Loire, en s'enflant de ses eaux printanières,
Invite, aux creux secrets de ses mille rivières,
La gent errante aux loins de l'océan immense,
Nostalgique de l'èche anisée et de l'anse,

De la mouche happée à la limite où l'air
Étale, au ras des eaux, un voile ardent et clair
Fait des feux mêmes que rejette le miroir.

Souvenir tout-puissant ! qui ramènes, ainsi,
Vers le bonheur d'antan et vers l'ancien souci,
C'est de toi qu'est tissé notre être, où s'accumule
Le passé : tel la mer en son reflux recule
Le royaume sableux de quelque jeu d'enfant ;
C'est tout chargé de toi que s'en va, triomphant,
Celui qui s'est créé par toi sa destinée ;
Tu es le livre même où, d'heure en heure, est née
Ligne à ligne, tracée au gré de ton caprice,
Notre œuvre dont, à peine, on s'avouerait complice :
Pour ce qu'on l'écrivit sous ta dictée et telle
Que la conçut, en nous, une force immortelle.

Et nous retournerons vers l'ombre où s'entendait
L'écho de notre voix et qui nous répondait,
Au point que nous croyions écouter quelque oracle ;
Car, malgré que se soit terni le vieux miracle,
Il se dore, à jamais, de cette illusion

Qui, le créant, en confirmait la déraison.
Et, nous acheminant vers le pèlerinage,
Nous n'aurons rien perdu de notre ancien courage
Nous franchirons le bief, encore, en jet de flamme,
Vers le filet tendu par le Pêcheur des Ames.

LE PORT ENSABLÉ

J'étais jeune et menais, à mon bras, l'Heure blonde,
Ivre un peu, de l'antique ivresse d'être au monde !
Elle, folle, et plus claire et blanche que la vie,
Marchait à mon côté, curieuse et ravie
De la création qui naissait à nos sens.
Nous allions étourdis, amoureux, innocents,
Et nous nommions, du privilège dieu-donné,
Les choses — tel, jadis, sous le ciel nouveau-né,
Le couple aimé que Vous formiez à Votre image,
Seigneur ; et Vous tourniez vers nous Votre visage
De bonté : car la route était ensoleillée,

Une atmosphère d'or allégeait la vallée,
Et, de là-bas, la Loire, en ruban déroulée,
Passe et reflète, au pur miroir qu'elle propose,
Tout le ciel, où sourit un seul nuage rose.

Ainsi, las de marcher dans le matin complice,
Jeune, aussi, et comparse enivré du délice
D'aller, sans souci que d'une main dans la main,
Qu'il fut un hier, ou qu'il doive être un lendemain,
Nous nous attardions au bord de cette Loire ;
Sur le banc sans appui, qu'une mousse d'or moire,
Un vieux couple, sans bruit, s'est assis, côte à côte,
Et, bientôt, nous causions, d'un demi-siècle à l'autre.

Devant nous, le quai bas rejoignait le flot bleu ;
Derrière nous, le mail, aux grands tilleuls poudreux
A cause de la route et sa poudre envolée
Lorsque le gai vent d'Est court au long des levées.

« Il y a cinquante ans — qui se souvient de nous ?
Devant le reposoir, là-bas, à deux genoux,
Nous lancions à l'Hostie un nuage de roses, »

Dit la vieille, de la voix qu'avec soi-même on cause,
« Et plus tard — car j'avais un peu de ta beauté
Ma fille — en blanche robe, à mon tour, j'ai porté
(C'est de ça cinquante ans, mon beau fils étonné !)
La bannière, où sourit, en voile du dimanche,
Notre Dame, si blanche, aussi, qu'une aile d'ange !
Et dont bruissait, contre mon front, la lourde frange ;
Et retenue, aux coins, par des cordons de soie
Aux mains d'Annette et de Germaine, elle s'éploie
Et s'enfle, au vent d'été, comme ta grande voile,
Mon homme ! »
          Et le vieillard au pur regard d'étoile
De ceux dont l'œil scruta, longtemps, la mer immense,
Sourit et, de bon gré, tousse, hésite et commence :
« Au long du quai, là-bas, il y a cinquante ans,
— Il faisait un printemps pareil à ce printemps —
Nous embarquions, Petite Dame et vous, mon fieu,
Des pommes dont on fait, à Paris, du vin vieux, »
Il riait ; mais, soudain, il cesse de moquer :
« Plus de trente bateaux s'amarraient à ce quai ;
La Loire était vivante, et n'est morte que d'hier ;
Le quai ! c'est à la gare aujourd'hui : on est fier

D'avoir sa station, là-bas, dans la varenne !
Nous, on avait le port et les choses qui viennent
De Nantes, d'au delà l'océan, parfumées
De cette odeur de poivre et de cannelle, aimée
Des femmes, qui disaient : cela vient d'Amérique... »

J'écoutais murmurer cette ancienne musique
Que le vieux tourangeau fait chanter à ses lèvres ;
Et son dire narquois portait mon jeune rêve
Vers ce printemps pareil aux belles trépassées ;
Nous voyions, elle et moi, selon notre pensée :
Les vingt barques tendant leur voile au vent de Nantes,
Identiques, voguant comme aux jeux d'une estampe ;
Elle, sur la levée, animée à ses yeux,
Regarde, s'éployant, contre le grand ciel bleu,
La bannière, dont l'or frange la blanche moire,
Confondre sa voilure aux voiles de la Loire.

SUR LES SABLES

Le beau jour d'hui redit l'espoir évangélique.

La Loire, où tout le ciel sourit à sa réplique,
Sertit d'un sable d'or, derrière ton épaule,
Cette boire attiédie et calme où puise un saule
Si vaste, qu'il abrite un rire de baigneuses.

Tu surgiras, là-bas, vers les îles heureuses ;
L'eau n'aura de remous, hors ceux que, vers la plage,
Ton genou, d'une proue écumante, propage.
Et moi, du lit ardent de l'oseraie, à l'ombre,

Entre mes cils mi-clos, voici que je dénombre
La joie incalculée, en visions de flammes :
Ta blancheur et la leur, au loin, comme des âmes
Baptismales, parmi l'azur qui les assume,
Ensemble et son reflet qu'affirme un peu d'écume,
Et ce vol de mouette, et l'ardente folie
Des chevelures que, d'un geste d'aile, on lie !

Qu'est tout cela ? sinon la toute pureté
Du ciel et du beau fleuve et du plus bel été ?
Quel signe élire où poigne mieux le jour immense
De Ton éternité promise en récompense
A ceux-là seuls, Seigneur, de qui l'esprit devine,
Au reflet en leurs yeux des images divines
— Fleurs, fleuve, femmes, flots fondus au grand poème —
Ta Beauté, Ta Bonté, Ta Vérité suprême.

PLUIE DE JUIN SUR LA LOIRE

Jupiter pluvieux s'avance vers la Loire ;
La frange du manteau que va dorer ta gloire,
Apollon, d'y avoir trempé, égoutte un peu
De la pourpre épandue au bord du ciel en feu ;
Derrière le grand dieu, la pluie aventureuse
Se retourne et sourit à la Touraine heureuse
Qui lève l'hozanna de ses mille calices,
De ses blés déjà hauts, des suaves prémices
De son vignoble en fleur, tantôt, et que l'averse
Doit épargner demain, pour qu'en la cuve on verse,
Encore, une vendange égale à la plus belle.

Jupiter a franchi la Loire tourangelle ;
Et le pont idéal, où l'Olympe a passé,
Nous apparaît, soudain, de pluie éclaboussé,
Ruisselant, et vêtu des sept couleurs qu'éploie
Cet éblouissement des rayons de la joie,
Seigneur, dont, souriant d'une ivresse peu noble,
Vous encouragiez Noé dans son vignoble :
Car Vous voulez que l'homme à ses dépens s'instruise.

Aux cerisiers, voici s'allumer les cerises !
Et l'on fera les foins, si Vous le permettez,
Avant la grande voix des foudres de l'été.

LA VISION DE L'ABBESSE

> Sed quantum ad situm, probabiliter
> creditur utrcrum idem fuisse ; nisi quod
> limbus patrum esset in superiore loco
> quam limbus puerorum...
>
> ...pueris et patribus diversa recepta-
> cula assignantur...
>
> Saint Thomas, S. 2, lxix, A. iv.

LA VISION DE L'ABBESSE DE MONTLERMER

« Yeux clos, que voyez-vous ? parlez, claire pensée!
Au dossier du fauteuil, ainsi, sous la croisée,
Votre pâle visage entre ses lourds bandeaux
Où s'attarde le jour, hésitant aux linteaux,
Et que somme, d'un feu follet éblouissant,
La coiffe blanche, claire à l'égal du croissant,
Est-il de Diane offrant à Dieu sa rêverie ?
Oublieuse, si peu, de cette vennerie
Antique, ô chasteté de chasseresse d'âmes,
Que ma pensée, aussi, le pare de la flamme
Froide, incurvée à l'horizon mélancolique.

Déesse prise au trébuchet évangélique,
Prêtant aux reflets d'or de la Gloire entrevue
Ce bouclier d'argent qui flotte sur la nue,
Apprivoisée ! et soucieuse, à voir accroître,
Pieusement parqués au silence du cloître,
Spirituel tableau d'une chasse sacrée
Où sa nouvelle ardeur s'avive et se récrée,
Les faons qu'elle acclimate et paît dans la prairie
Du Christ, assise auprès de la Vierge Marie.

Car vous êtes païenne et chrétienne à la fois,
Diane en cornette, vierge agile de nos bois,
Coureuse des halliers où le démon se terre !
Et votre culte antique est un peu du mystère
Qui, du croissant grandi, vous fit une auréole ;
Et c'est pour cela que je guette vos paroles
Vers l'autel du Vrai Dieu dont vous voici servante.

Qui vous voit, du pas vif des sentiers et des ventes,
Comme jadis, parmi les troncs de la futaie,
Paraître et disparaître, aimée et redoutée,
Au gré de vos devoirs, entre les colonnettes,

S'éprend de cette paix active que vous faites
Retentissante, au loin, d'une mâle pensée
Et des raisonnements dont sort, désenlacée,
Telle d'entre les lianes la biche inquiète,
L'Idée aux pas légers, hors de l'ombre élancée ;
Que voyez-vous, là-bas, dans la nuit que vous faites
Claire, du feu d'amour chaste qui brûle en vous ? »

« Je vois la Vérité », dit-elle, « elle est en nous ;
Car les mots surhumains et sûrs ne prennent vie
Qu'au sein de la pensée en soi-même ravie ;
Sachons mieux lire ; aimons l'écueil et le mystère ;
Et, si le doute vient et que les caractères,
Se décalant, parfois, semblent se regrouper,
En blasphème inouï tout soudain attroupés,
Fermons les yeux encore, et lisons le beau texte
Où Dieu souhaite inscrire, en notre âme prétexte,
Sa certitude, au gré de la raison romaine.
Tu rêves le poème où la pensée est reine :
Sois humble ; écoute et crois, comme je m'humilie
Devant la Croix où, des deux bras, ma chair se lie,
N'osant lever les yeux, mais fière qu'à son tour

Ma raison porte témoignage au bel amour. »

Puis, de voix lente et grave et comme illuminée
D'un jour d'arrière-été et, tantôt, devinée
A peine, et confondue au sanglot qui l'opprime,
Elle dit ce poème, où nous mettions la rime,
Honteux de ne pouvoir transcrire le son même
De sa voix emmêlant son parfum au poème.

« Quand se fut écoulé, des seuils et vers l'aurore,
Rumeur de pas sans nombre, élans de joie encore
Assourdis de mille ans de larmes égouttées
En la nuit caverneuse et des Anges goûtées,
Comme un vin échappé du pressoir, au cellier,
Le grand cortège, où vont, par mille et par millier,
L'élite des élus de la famille humaine
Qu'en son vol innombrable un chœur d'archanges mène
Devers le Trône et vers les lieux que l'Ordre assigne ;
De loin, là-bas, un groupe, en chantant, à grands signes
Hâte le déploîment des étendards fardés ;
Il ne s'entendait plus que les pas attardés
De quelque patriarche hésitant ou moins leste ;

Dans le silence accru de l'ombre, sans un geste,
Las ! l'antique Sarah, penchée au parapet,
D'où le regard descend vers le cycle aux cyprès,
Frémit, accueille en pleurs l'heure trop tôt venue,
Laisse choir en ses mains cette tête chenue
Dont Jacob au berceau flatta l'ardeur ravie ;
Et près d'elle, debout, blonde comme la vie,
Ève, souriante du sourire universel,
Entre ses tresses d'or qu'Éden fit de son miel,
Soudain, émerveillée à voir toute la plaine,
En contre-bas, mouvante de la flore humaine
De ses flancs généreux éclose pour une heure,
Boutons d'amours brisés qui gardent la saveur
Du baiser dont naquit toute chair enfantée,
Se récrie, éperdue et de terreur hantée :
  « Ne viendront-ils, aussi, les chérubins ?
  « Ne seront-ils vos frères vêtus de lin ?
  « Et leur rire, monté en écho jusqu'ici,
  « N'est-il une musique, aussi, du paradis ?
  « Et les rondes qu'ils font, maladroits dans leur grâce,
  « Ne sont-elles nuages à voiler Votre face,
  « Jéhovah, interdite même aux cent yeux osés

« Des Séraphins voilés des quatre ailes croisées
« Où filtre, à flots brûlants d'ivresse, tant de gloire
« Qu'ils abaissent la tête, élevant l'encensoir. »

Près de ces femmes aux balustres attardées,
En un halo d'amour, le Christ s'est accoudé ;
Ève, de ses yeux clos qui n'osent regarder,
Voit, et parle, et sa joue est d'aurore fardée :
«Mon Fils, mon Roi, mon Dieu, Vous qui m'avez tirée,
Au jour de Votre amour, du flanc d'Adam morose,
Pour que sa chair, par moi, s'appariât aux roses,
Et qu'emmêlant, par moi, sa chevelure à l'air,
Elle embaumât sa vie aux brises qu'elle incite ;
A ma fécondité, que ma joie illimite,
Aviez-Vous proposé cette borne infernale !
Je n'ai pas cru, sachant le Bien d'avec le Mal,
Après le fruit cueilli, le péché partagé,
Que le triste sentier où s'était engagé
Notre pas double et las, soudain, nous emmenait
Ailleurs que, par un long détour de labyrinthe,
Vers l'éternel Amour et la Présence Sainte ;
Car je portais, déjà, dans mon sein frémissant,

Cette chair vive où Tu t'incarnas, vagissant !
Voici que Sarah pleure, hésite et ne peut croire
Que nous irions franchir le seuil d'or de la gloire,
Nous que drape et qu'orna le péché des humains
D'un voile purifié du toucher de Tes mains, —
Alors que languirait, loin de l'Aurore immense,
Toute cette aube pure où l'Œuvre recommence ? »
Et le Christ en des mots que n'ouït nulle oreille,
Mais de tous entendus en musique pareille,
Sans doute, à l'harmonie ineffable des sphères,
Tels qu'on ne les traduit qu'en tremblant de le faire,
Dit ceci : « Sois sans peur, Mère frêle des hommes ;
Ne t'aura-t-il suffi d'avoir mordu la pomme ?
Ta curiosité demeure insatiable ;
Tes fils, multipliés comme les grains du sable,
Envahissent la terre et vont, du pas certain
Des dunes que l'on voit filtrer entre les pins,
Indiscontinûment, grain à grain, homme à homme,
Au but, où la Sagesse éternelle les somme.
Que sais-tu de ton Dieu, si ce n'est qu'il est Fils
De ta chair : n'est-ce pas que cela te suffit ?
Quels millions de jours comptent devant ma Face ?

Quels univers nouveaux dont, déjà, tout s'efface
Au vent précipité du temps dont je suis Maître ?
Quel paradis nouveau, Mère Ève, encore à naître ?
Et, s'il faut des humains au lointain avenir,
Il se peut que ceux-ci renaissent pour mourir,
Et s'envoler vers ton souci, comme un beau rêve. »

Ainsi Ta lèvre, ô Christ, effleura le front d'Ève.
— Dit l'abbesse aux yeux clos, en soi-même ravie —
Du baiser d'un pardon étendu sur ses fils
En l'envergure de la Colombe de l'arche.
Au loin, retentissait le chœur des Patriarches ;
Entre Ses pâles mains, Il prit celles des femmes.

Quelle joie, ô Sauveur, déborda de leur âme
Quand, vers le beau jardin fusant de rires frais,
Confondant ses fleurs d'or avec les chairs nacrées,
Ton regard de pitié s'abaissa, pour bénir
Ceux de qui Tu disais ! « *Qu'on les laisse venir.* »

LE DOMAINE

LE DOMAINE

La pierre a fait défaut ; le chantier se repose ;
Aux arceaux, bandés d'hier, éclate et rit la rose ;
Le bouquet du pignon sème ses fleurs fanées ;
Le vin est bu ; voici la mésange, étonnée
Du silence, animer l'ombre des pommiers nains
D'un chant qui dit qu'est faite une œuvre de nos mains.
Le têtu, le taillant et la masse qui pousse
Le ciseau, dont le fil d'un grain trop mou s'émousse,
Dorment ; l'on n'entend plus les coups dont la truelle
Couche, dans le mortier, la brique qu'elle y scelle.
Nous graverons le nom du bon tailleur de pierre

En haut du perron neuf, sur l'assise angulaire
Qui porte le pilier et soutient la poussée
D'une nervure de la voûte surbaissée
Dont la clef pendentive inscrit ta face en feu,
Vaste Apollon, et te proclame bien le dieu,
Dès le seuil, du logis, où vit ta sœur hautaine.

La face de la joie est sévère et lointaine
Qui riait, au linteau, dans la pierre éblouie ;
Moisson, tu fus le pain d'antan ; gerbes rouies
Du chanvre qu'effila l'eau tiède de l'été,
Vous ébranlez la cloche antique qui fêtait
Le beau champ bleu mirant le ciel, dont nous ferons
Un fin linceul, peut-être, au Dieu que nous pleurons...
C'est ce lin printanier, drapant ton corps pudique,
Diane, qui m'apparut, autre mais identique,
En l'éclat de ton flanc et l'azur de tes yeux,
Quand je tournais vers toi mes regards hasardeux.

O ma Joie attristée, oisive et la main vide,
Vous qui couriez, le long des buis, frêle et rapide,
Comme une ombre d'oiseau sur le gravier muet,

Voici que vous marchez, lente, au pas désuet
Du pesant Souvenir qui médite et conclue ;
Sa parole est pareille à celle qu'on a lue
Dans quelque vain recueil de la philosophie ;
Ma Joie, est-ce à cela qu'il faille qu'on se fie ?

Mais elle :
       « Penses-tu que j'écoute son conte ?
Je n'entends, en sa voix qui s'abaisse et qui monte,
Que le chant du grand pin qui rêve et qui respire ;
Écoute, maintenant, ce que je puis te dire,
Puisqu'il a regagné le clos, où rit de lui
Ce chant de caille, avant-courrière de la pluie.

De pourpris en vergers, de vendange en moisson,
Selon ton pas, voici s'étager ta maison :
Elle tend, sur ta tête, un toit d'azur ou d'ombre ;
Elle ouvre, devant toi, nouvelles et sans nombre,
Ses chambres de verdure et ses terrasses, d'où
Le domaine infini s'offre, au soleil d'août
Tout d'or, ou bien d'argent sous le ciel de décembre.
Et, que ton choix élise ou l'une ou l'autre chambre,
Toujours, dans la maison de Dieu que ma main t'ouvre,

Tu trouveras, pourvu que ton cœur l'y découvre,
L'Amour, assis au trône enflammé, d'or vêtu ;
Il porte, aux yeux sans joie, un masque : la vertu
Dont le grand voile noir aux ténèbres se mêle ;
Là, trébuche, engourdi, le vain troupeau qui bêle
Sa honte et sa douleur de ne comprendre pas
Le Bon Pasteur, de qui, croyant suivre ses pas,
Il s'éloigne et s'égare dans la triste vallée
Des larmes, que tu vois en contre-bas, comblée
D'éboulis enlacés de ronces et d'orties
Et dont, pour qui s'y traîne, il n'est plus de sortie.
Aux marches du perron, aux bancs de la charmille,
Une vaste harmonie unira la famille
Des plantes, des rochers, des oiseaux et des vents,
Comme les membres clairs du grand être vivant
Que Dieu projette en ombre au devant de Sa face
Pour qu'il chante la gloire auguste qu'il retrace
Et soit l'hommage qu'Il se rendrait à Lui-même :
Ta voix s'y mêlera dans l'infini Poème.

L'Amour veille ; la brise est le vent de son aile ;
Il n'ose, tant l'extase est immatérielle,

Éblouir de l'éclat stellaire de sa face
L'âme qui, défaillant, demanderait sa grâce ;
Car l'ardeur est terrible en ses yeux, et sa bouche
Scelle d'un sceau de feu les lèvres qu'elle touche.
Mais, par lui seul, la Vie achève son destin
Et sans lui, tout est mort, et, sans lui, le matin
N'est plus jeune, et le soir est comme sa journée,
Morose, et l'homme est tel que s'il ne fut pas né.

TABLE

TABLE

ACHEVÉ D'IMPRIMER
LE 15 FÉVRIER 1923
PAR F. PAILLART, A
ABBEVILLE (FRANCE)

9 782329 083018